시간의 모습

시간의 모습

윤혜정 제 7시집

심지원

은둔생활이 시작되었다
아무것도 안 보고
누구와 말도 하고 싶지 않고
듣고 싶지 않아야 살 수 있을 것 같았다
어둠 속으로 숨어 들어가는
한 마리 벌레 같은 나를 발견하고 소스라치게 놀랐다
사람이 아니었다
거울 속에 비친 비참한 얼굴은 또 다른 나를 보여주고 있다
움직일수록 빠져드는 수렁에서
허우적거리며 헤쳐 나오려 했던 시간
모든 걸 놓아버린 지금에서야
부질없는 몸부림이란 걸 알았다
버리려 애쓰면 쓸수록 더 집착하게 된다는 것을,
가지려 애쓰는 만큼 나를 속물로 만든다는 것을,
어둠의 한편에서 지난 필름을 되돌려본다
드문드문 끊어진 시간, 그동안 무얼 했을까
떠오르지 않는다
버리려 애썼던 순간의 산물인 거 같다

그래서 조금이라도 내려놓을 수 있었던 것 같다
꽉 차 있어 더 이상 들어갈 수 없는
불만과 외로움과 그리움
잊는다는 것은 이래서 좋은 건가 보다
조금씩 틈을 내어주니 말이다
죽을 듯이 답답한 가슴이
숨을 쉴 수 있으니 말이다

2024년 9월에
윤혜정

시인의 말

1 고난 속에 핀 꽃

2 돌아갈 수 없는 길

3 행복의 근원

4 사랑에 대한 명상

5 바보들의 행진

6 어떤 날의 외출

1

고난 속에 핀 꽃

삶의 횡포

익숙함이 얼마나 무서운 줄 몰랐다
자연스러운 편안함에 만족했지만
무디어지는 일상에 나만의 고통도
시간이 지날수록 참는 게 익숙해졌다
세상 무서워지는 것
익숙함에서 모르게 지나갔고
제 살 썩어 들어가는 줄도 모르는
어느 순간에 훅하고 밀려드는
허탈감과 상실감이
참을 수 없는 고통으로 다가와
아프다는 말 한마디조차 할 수 없었다
익숙함과 친근함이 무서워서
세상을 볼 수 있는 시선조차 공포여서
어둠 속에서 바들거리며
이 순간이 지나가길 간절히 바라는
나를 발견하곤 경악을 멈출 수 없었다
무지함은 힘든 고통이 무디어지기를
기다린 삶의 횡포였다
다시 똑같은 일을 반복하여도
습관처럼 되어버린 익숙함이
또 하나의 성벽이 되었다

고난 속에 핀 꽃

하나둘 눈꽃이
그리움을 쌓고 있다
외로움과 서러움을 견디다 못해
얼음꽃으로 피면 아름답다고 말한다

한 계절 추위 속에서
날카롭게 몸을 세운 눈꽃
아픔과 고통을 견디는 계절 끝에서
단단하게 층을 만들어낸
거친 어머니 삶의 흔적
모두의 인생들이 이와 같아라

살만하면 늙고 병들어
방울방울 소진하는
눈꽃처럼 얼음처럼
목마른 대지에 생명수가 되는 것을

봄날이 오기 전
날을 세운 눈꽃 밟으며
꽁꽁 얼어붙은
아버지의 집을 홀로 찾는다

계절의 아픔

한 해가 저물어 가는 이쯤에서
바람에 뒹굴던 낙엽들도
스산한 기운 속으로 스며들고
가슴에 안고 가는 그리움
삶이 슬퍼 보인다

마음은 하나인데 가는 길이 달라
뒷모습 보인 인연이 되고 말았다

세월을 비켜 인연이 이어진다면
다시 뒷모습 보이지 않게
서로를 아껴 주겠지

아픔을 알고
그리움도 알아 버렸으니
같은 길을 가진 않겠지

똑같은 일을
반복한다는 것은 바보짓이니까

아시나요

그거 알아요?
꿈속에서도 그댈 바라보는 거
눈길 머무는 곳마다 그대라는 거

등나무에 기대어
고즈넉이 석양을 바라보는 거
커피 향 그득함으로
부드럽게 바라보는 거
두 손 꼭 잡고 저녁노을
지그시 밟아 가는 거
그 소망이 그대와 함께여야 하는 거

막무가내 투정 부리고 있을 때
살며시 다가와 달콤하게 입술 포개고
품어주는 가슴이 그대였다는 거
사랑스러운 눈빛 하나만으로도
지친 하루를 웃음으로 보낼 수 있고
부드러운 미소만으로 세상이 행복해지는
그런 사람이 그대뿐이라는 거
삶의 모두가 그대로부터라는 거

당신과 나

어떤 이는
그냥 혹하고 들어오니까
사랑이 제일 쉽다고 말하죠
처음 사랑의 시작은 당신만 보이니까
보석처럼 빛나 보이는 거죠
세월이 흐르다 보면
서서히 외로움도 스며들기 시작하죠
곁에 있는 것만으로 든든하지만
사랑이란 영원하지 않더라고요
외로움이 그리움 되고
슬픔이 되는 그런 시간이 오더라고요
누가 먼저랄 것도 없이
어느새 가슴이 저려 오기 시작할 때
언제부터인지 모르게 자만치
당신은 멀어져 가고 있더라고요
행복해 보이던 별들과 상쾌한 바람도
함박꽃처럼 내리던 눈송이도
슬퍼 보이고 아픔을 주기 시작했어요
이토록 서글프게 침묵 속에서
이별이 서서히 다가오고 있는데
잠시 스쳐 가는 열병이라고

바보 같은 생각을 했어요
내 맘은 그대로인데
지난 시간들을 되돌리지 못하나 봐요
이미 가버린 마음을 잡을 수가 없네요
몇 날 며칠 컴컴한 어둠 속에서
눈물의 기도만 했어요
다시 만남이 시작이 되어도
그때 그 사랑은 할 수 없겠지요

망각의 시간

늘 곁에 있던 사람 볼 수 없을 때
숨을 쉴 수 없을 만큼 답답하여
가슴 터질 듯한 고통 중일 때
세상이 무너지는 것을 온몸으로 느낀다

삶의 의욕도 없이
무의미한 동공의 움직임
다시는 일어날 수 없을 것 같던
순간의 흔적만을 남기고 나면
흐름의 시간들이
다시 웃을 수 있는 여유를 준다

죽을 것만 같았던 삶의 통증
서서히 열어져 가는 오늘의 흐름을
이겨 낼 수 없는 무능력한 사람들은
세월이 약이라고도 말하며 위로 받는다

다시 돌이키고 싶지 않은 지난날들
진통의 후유증에 다시 갇혀 버릴 것 같아
떠올리기 싫었던 기억들
아무 일 없었다는 듯 잊고
흐르는 세월에 맡겨 버리면
또한 견딜만 하기도 한다

만남과 이별

이별에도 예의가 있는 법이라는데
우리 만남의 시작이 언제부터였는지 모릅니다
그저 일상에 그가 들어와 있었고
같은 공간에서 마주 볼 수 있는
것만으로 행복했던 기억 밖에는 없습니다
함께하는 순간순간이 기쁨이었고
미래에 대한 기대도 꿈도
그때 그 순간만큼은 전부였습니다
이별에도 예의가 있다고 했지만
그것조차 모르고 살았습니다
만나는 순간이 소중했기에
다른 생각이 없었습니다
이별이 올 줄 몰랐으니까요
어떻게 이별을 했는지 조차 알 수 없었습니다
조금 생각할 시간을 주고 싶었고
힘든 시간이 아니길 바라는
마음으로 기다림을 택했던 것뿐인데
그것이 이별의 문턱을 넘고 있는 줄
미처 깨닫지 못했습니다
이별에도 예의가 있다 했지만
우리는 그런 예의를 지키지 못했어요

다시 만나 행복한 순간이 온다 해도
이제는 이별할 때 예의를 생각하겠지요
만나면 이별은 반드시 온다는 걸 알았으니까요
늘 떠 올릴 때마다 입가에 미소를 머금게 하는
그런 사람으로 기억되는 이별이었으면 좋겠습니다
이별에도 예의가 있듯이
떠올리는 지난 사랑에
가슴 뭉클함을 남기고 싶습니다

그 눈빛

애타게 보고 싶었던
그대와 마주하면 눈빛으로 말했지
혹독했던 긴 겨울도
봄의 기운에 밀려
서서히 뒷걸음질 치고 있을 때
조금만 늦었더라면
그대 볼 수 없었을 텐데---

그리움이 미움 되어
다시 볼 수 없는 길 가려 했건만
미움이 들어오기 전
그대 볼 수 있어 다행이야

가슴속 깊이 멍울진 아픔
그대 눈 속으로 녹아들고
말 없는 몸짓으로
영혼을 어루만지작거리다 보면

얼음 속 차가운 동굴에서
녹아떨어지는 눈물
이 순간들이 뒷걸음치지 않길
그대 눈 속에 시선을 모은다.

인사동에서

어둠이 몰려와
상점마다 환한 등불이 켜진다
거리마다 인파로 북적거리고
바쁘게 혹은 한가롭게
기웃거리는 사람들 사이에서
시간의 초월을 공감한다
어릴 적 보았던 풍경과
불혹의 나이에 보이는 모든 것은
크게 다를 게 없는데
세월을 비껴가는 공간들이
조금씩 세련된 모습과 정감 어린 사람들
예술의 혼을 불어넣어 주는 곳
인사동 한복판에서 어릴 적 보았던
꿈들을 다시금 진열한다
시를 쓰고, 그림을 그리고
마음이 같이 흐르는 사람들과 함께 하는 곳
변해가는 시대를 바꿔 가는 이곳
꿈과 사랑과 열정과 희망이 넘쳐나는 곳,
인사동 거리를 나 홀로 걷고 있다
방황하는 이들에게
나침판이 되어 주는 인사동

운명의 장난

하늘이 무너지는 것처럼
절규하는 순간들이 있다
어둠 속에서 발버둥 치는 마음의 소용돌이
헤어나려고 애쓰는 자신을 발견할 때
안쓰러워 눈물이 흐르기도 한다

가슴 아픈 기억과 처절한 삶의 끝에서
수없이 자신을 학대하며 이겨 내는
또 다른 자신을 발견했을 때
이것이 삶이구나 싶기도 하다

산다는 것은
마음대로 버릴 수 없어
신음하며 견디는 일이다

선택

현실의 삶이
미래의 그대를 망칠 수 있다면
한 번도 자신의 삶이 잘못되어 가고 있다는
생각은 하지 못했을 거다
지나온 시간을 두고 후회는 하지만
지금의 시간을 잘못 선택했다고 생각하며
무료한 삶을 살지는 않았으니까
후회하고 안타까워하는 시간은
다시는 돌이킬 수 없는 시간
누구나 선택의 그 순간만큼은 최선이었고
당연하다고 생각하는 게 합당한 변명일 거다
왜 미래를 생각하며 올바른 선택을 하지 못할까
현실이 미래를 생각할 겨를 없이 닥쳐오기 때문인가
안주하는 버릇 또한 한몫이다
늘 한곳에 머무르고 싶은 충동
하던 일 외엔 귀찮다는 생각이 지배하기 때문에
발전적인 생각을 눌러버리고
안주의 평온함을 추구하며 미련을 갖게 한다
이것이 늘 상 거듭되는 일이라 여기며
그것에 만족하며 현실에 존재하는 무능력함을
당연시하는 지금부터라도 바뀌어야 한다

누구 하나 일어나 주길 바라기보다
내가 먼저 뛰쳐나가야 하는 현실을 직시해야 한다
'나만 아니면 된다'라는 생각을 버리고
'나이니까 할 수 있다'라는 생각으로
앞으로 먼저 나가야 한다

이별 그 느낌

우리 두 사람 어느 틈엔가
어색한 기운이 감돌았지
멀어지는 마음을 이미 알아버린 걸까
곁에 있어도 불안한 마음
비눗방울처럼 사라질까
두려운 게 사랑이라 말하지
받을수록 더 많은 걸 원하는 마음
멀고도 가까운 곳에 있어도
우리 두 사람 같은 마음이란 걸
누구도 뺏어갈 수 없는
슬픈 사랑이란 걸 미워할 수 없는
돌이킬 수 없는 사랑이란 걸
모든 걸 가슴속에 묻어야 하는 사람
그게 우리 사랑이란 걸

아픈 사랑

외롭고 슬퍼지는 건
자신이 존재감을 잃고
외면하고 부정하기 때문이야

바라보는 눈길 없어도
늘 그 자리 해바라기처럼
한 사람만 바라보는
애끓는 사랑 무릎을 꿇게 만든다

지켜보는 사랑이 힘들고 애처롭지만
하나만의 사랑을 품고 있는
지고지순한 것을 위로하고 싶다

변함없는 사랑은
누구나 할 수 있는 표현이 아니다
누구든지 할 수 있는 흔한 것이
더 어렵다는 것을 몸으로 느끼고
마음으로 받아들여야 하는
어려운 것이 사랑이야

너와 나의 삶

처음은 낯설고 어색하여
거리를 두고 지켜보았다
그 마음을 느끼는 순간부터
조금씩 다가서게 되었고
이제는 말하지 않아도 소통이 된다

서로의 마음을 소유하고 있기에
멀리 있어도 특별히 무엇인가를
충족시켜 줄 수 있는 그런 인연을 만나
살아갈 수 있다면 얼마나 좋을까

그리하지 못하는 인생이 부지기수인데
있는 자리에서 지켜줄 수 있는
그럴 수 없는 삶이 불행하다는 것
세상의 이치라고 말하는 데
부정하고 싶지 않다

점점 세상살이가 가볍고
진솔함이 사라지지만
그 속에서도
진실함은 빛날 것이라 믿는다

혼자만의 세상

마음속 깊이 가두고
나만의 세상으로 이해하며
살아가려 애썼나 봐

듣고 싶은 말만 듣고
보고 싶은 것만 보고
누구도 들어오지 못하게
쌓아온 사방의 벽
이제 허물어야 할 때

사랑이 곁에 있으니 행복하고
그 무엇도 아쉽지 않다는
자신만의 최면에 걸려
아무것도 받아들이지 않았던
어리석음과 배척이
혼자만의 세상 전부였어

뭐든지 생각하는 대로 이루어지니까
아무런 간섭도 허용되지 않았던
자신만의 공간은 나만의 공화국

어느 날의 아픔

그가 내 삶의 전부였던 것은
오로지 나만 바라보았기에
쉽게 떨칠 수 없었던 거야

쉽게 잊히지 않는 사람
그가 없는 세상은
삶의 의미가 없어 기쁨도 사라졌어

따뜻한 온기만 주던
그대 없는 세상에서
온통 어둠만이 가득할 뿐

그때는 몰랐다
알려고 하지 않았던 것은
단 하나만을 생각했던
사랑에 대한 후회
스스로 자신의 삶을 내팽개친 거야

다시는 밝음과 맞서지 않으리라
다짐하는 동안 숨 쉬는 순간조차
죄스러움을 느끼며 내 생각을 버리기로…

당신은 누구신가요

당신에 대하여
아는 게 없어요

모든 걸 다 가졌다고 생각했는데
무엇을 가졌고
무엇을 알고 있는지
알 수가 없네요

느낌만으로 당신의 사람이 되었나요
당신의 발걸음만 따라가는 삶
당신의 행복한 미소에
온 세상을 얻은 듯 즐겁고
당신의 손길이 머물 때마다
설렘의 밤으로 지새웠어요

그 많은 시간과 함께
슬퍼도 하고 때론 행복에 겨워
주체할 수 없는 웃음으로
보낸 적도 많았지만
웃음 뒤에 숨은 한숨은
함께 할 수 없었나 봐요

당신은 누구십니까

모든 걸 알면서도
알 수 없는
미묘한 감정은 무엇일까요
이런 나는 또 뭐라고 말할까요

오가는 계절

가고 오는 시간들
멈출 수 없는 것이
삶의 진자리가 아닌가

그리움에 몸부림치며
그 순간들을 붙잡아 보려 하지만
나의 열망일 뿐이더라

삶의 정수리가 어디인지
분간하지 못하는 시간 중에
형벌 같은 그리움이 내 맘 놓지 않고

봄, 여름, 가을, 겨울
나를 질질 끌고 다니며
정착하지 못하도록 맴돌게 한다

다짐

상처는 아물다가
흔적 없이 사라지지만
다친 마음의 치유는 길기만 하여라
사람들은 마음을 비우라고 쉽게 말하지만
이성을 지닌 사람이라 쉽지가 않다
덧난 상처가 곪아져 피고름이 나는 데
웃음으로 덮어가며 태연히 살라고 한다
홀로 남겨진 시간마다
머리와 가슴을 쓰다듬으며 위로해 보지만
반복되는 삶이 그러하니
언제까지 한숨만 쉴 수 없다
크게 숨을 들이마시고
소리 내어 뿜어내기도 하지만
하루도 어김없는 날들이 시작을 반복한다
하루의 끝은 어디쯤에 있을까
새로운 세상은 문이 닫힌 것일까
편안하고 조용한 이 순간이
행복이라 여기며 살아야 하는 걸까

2

돌아갈 수 없는 길

사랑

짝사랑
외사랑
슬픈 사랑

멀어지려 애쓰는
마음을 흔들어 놓고
가는 길 다르다고
외면하는 당신이 못내 아쉬워
흐려지는 동공 속으로 숨겨 본다

웃음은 거짓으로
아픔을 감출 수 있지만
죽음보다 더 외로운 마음은
슬픈 눈망울의 비춤이
고개를 내민다

숯대

자신의 아픔을 알아달라고
떼쓰지 않습니다
수렁에 빠진 삶도 방관하지 않습니다

상처에 약을 바른다고
무조건 좋아지진 않습니다
아플 만큼 아파야 치유가 빠른 거니까요

슬퍼도 슬퍼하지 못하고
아파도 아파하지 못하는
삶의 매개체가 그리하여
다시 시작할 수 있는
치유의 능력을 원합니다

새들의 울음소리
듣는 이의 감성이 다를 수 있듯이
아름답고 포근함을 주고 싶은
일상을 꿈꾸는 오늘도

슬픔은 기쁨이고
가슴 아픈 고통 끝엔
행복이 기다린다는 희망
그렇게 살아가는 거라고 믿습니다

그리움의 형벌

혹여,
빗소리가 서글퍼 눈물이 흐른다면
그리움 때문입니다
창문이 흔들릴 때 마음이 쓰인다면
기다림 때문입니다
창문을 스치는 바람 소리에
소스라쳐 잠을 이룰 수 없음은
외로운 마음 때문입니다
폭풍이 몰아쳐도
우주가 사라진다 해도
그대가 곁에 있으면
아무 소리도 들리지 않습니다
두려움을 모르는
그 무엇도 방해할 수 없는
그것이 나의 사랑입니다
순결한 사랑은
후회를 모르는 것입니다
그것이 나입니다

사랑의 향연

순간은 변하지만
삶으로 되돌아오는 찰나
영원으로 바꿀 순 없을까
모든 게 잊힌다 해도
어둠의 그림자가 덮칠 때엔
우리 사랑만은 남길 수 있을까
살면서 힘들고 고통스러운
순간들을 잊고 싶지만
아주 가끔 떠오르는 아픔들은 사랑의 향연
잊으려야 잊을 수 없는
문신 같은 존재가 아닐까
모든 게 잊힌다 해도
우리의 사랑은 영원하리라는
믿음으로 내일을 기다린다

그렇고 그런 사랑

참 그렇죠
친구 되어달라고 하여
손잡아 주었더니
힘들다 하여 좁은 어깨라도 내주었더니
슬프다 하여 가슴에 품어주었더니
이제는 필요 없다며
다른 사람에게 위로받고 싶다고요
철이 없어 그런 거겠죠
곁에 있어 주는 사랑이
더 큰 사랑이란 걸
아직 모르기 때문일까요
힘들 때 생각나는 사람이
진정한 사랑이란 걸
시간이 흐른 뒤 귀함을 알게 되는 게
우리 인생인 거겠지요
잃어버린 후에 알게 되는
소중함을 왜 모를까요
곁에 있는 모든 것이 소중하다는 것을

아직도

아직도 네가 가슴에 남아
그리움에 시들어간다

버리지 못한 마음 나무라며
아무렇지 않은 듯 살아보려 애쓰지만
첫 만남의 설렘이 잊히지 않아
그리움을 지울 수가 없어

잊은 듯 아무렇지 않게
미소로 아픈 가슴 포장하고
행여 우연이라도 마주칠까
두근거리는 가슴 여전하다

그 기억 추억으로 변하여도
그리움과 설렘의 순간들
잊으면 안 된다는 심장의 소리
언제나 내 가슴에 남아있는 것을

당신의 미소

멀어지려 애쓰는
내 마음 흔들어 놓고
갈 길 다르다고 외면하는 당신
밉다고 하면서 도리질 쳐도
가슴이 달려가는 건 사랑인가 봐
손 놓으면 다시 내밀고
잡으려 하면 뒤로 감추는 사랑
물레방아처럼 돌고 도나 봐
사랑은 다 그런 건가 봐

그리고 바다

검게 물든 밤바다
커다란 울음소리
지난날 즐겁고 행복했던 순간들
평온한 파도의 울림이라네

그때는 그랬었지
파도의 우렁찬 소리에 매혹되어
지칠 줄 모르고 달려가던 시간

세월의 뒤안길에 희미한 추억들
검은 파도에 떠밀려 아련히 다가오네

늘 그곳에 있을 것만 같던 행복
부딪치는 파도에 거품처럼 사라질 때
시간의 흐름을 거부하며
그 굴레에서 벗어나지 못하고
쇠사슬에 묶여 살아가는 나

그대와 나

구름에 그려진 그대 모습
손 내밀면 어느새 사라지네요

빗물에 흐려진
그대 모습 볼 수 없어
눈가에 맺히는 눈물
하염없이 바라만 보네요

허공을 바라보며 고개 저어도
내 가슴에 찾아드는 그리움
시간의 뒤안길에 그대 사랑만
추억으로 아련히 남았네요

운명이 갈라놓은 인연이라고
그대 아쉽다고 눈물 흘리지 마오
바라보는 내 가슴
어찌할 바 모르겠어요

걸으며 생각하며

해 뜨고 지는 일
쉽게 생각하지 말아야지
암울했던 시간들이 작은 미소가 되니
하루라는 짧은 순간 중에도
절망과 안타까움으로
서산을 붉게 물들이며
아쉬워하는 찰나의 행복이 있고
내일을 기대하는 설렘도 되더라

또 다른 하루를 맞이하고
기다리는 외로움과 동행하면서
하잘것없는 작은 물줄기도 가야 할 길 알고
바쁘게 흘러가는 위치를 바라보며
우리의 일생도 시간의 흐름을 알고 보니
마음의 상처 아물기도 하고
흔적을 남기기도 하더라

무심함도 미움도 잊히기도 하지
이제 남겨진 시간을 위해
세월에 반항하지 않으련다
버린 것에 후회하지 않으련다

가을을 보내며

푸르른 하늘에
붉은 물감 풀어놓은 듯
저녁노을은 마지막 순간까지
서산을 붉게 물들인다

커피 한잔 마시며
낙엽 타는 내음에
그대 향기 코끝에 와 닿고

불어오는 바람에
흔들리는 갈대처럼
그리움이 가슴 가득 요동친다

스산한 가을바람에
흔들리며 피는 외로운 꽃
미워도 미워할 수 없는 인연들
아쉬움마저 바람결에 보내련다

돌아갈 수 없는 길

괜찮은 거지?
잘 지내고 있지?
가슴 한쪽이 시리고 아픈 건 왜일까?
당신의 기다림을
가슴이 먼저 알기 때문일 거야

돌아갈 수 없는 길
가고 싶어도 못 가는 마음
당신은 이미 알고 있잖아

찬바람이 스산하게 가슴을 파고드는 건
당신이 놓지 못한
미련을 물고 오는 걸 거야

괜찮지?
잘 지내고 있지?
곁을 지켜 줄 수 없는 맘
먼 곳에서 바라보고 있는 걸
난 알고 있지
그래서 견디는 오늘이지

인제 그만 보내줘
한 많은 미련 덮어두고
휘영청 밝은 달빛 속으로
당신 사랑하는 맘 고이 보내줘
미련 남기지 말고

설렘

하루해가 일없이 그냥 지던가
암울했던 시간에도 웃게 하는
하루로 바뀌어 지기도 하지

하루라는 짧은 시간
절망과 안타까움 많지만
저녁노을 붉어지는 순간
또 다른 하루가 기다리고 있어도
외로움의 시간은 마찬가지인 것을

하잘것없는 작은 물줄기도
가야 할 길을 알고 바쁘게 흘러가는데
시간의 흐름이 아무것도 남기지 않을까

마음의 상처도 아물어 흔적만 남기고
기다림의 고달픔도 세월 속에 묻어버리는
무심함에 미움도 잊히려나

며칠 동안

몇 날 며칠 울었다
모든 아픔과 슬픔 혼자만의 것인 양
소리도 내지 못하고
터지는 비명을 틀어막으며
가슴을 치고 울었다

하늘도 울고 바람도 울고
대지 위에 뿌려지는 빗줄기에
몸을 던져도 서러움은 멈추지 않았다

모든 것이 늦이었다
발버둥 치면 칠수록 빠져드는
수렁에서 서서히 힘을 빼고
모든 걸 던져버렸다

얼마나 지났을까
흐느적거리는 몸을 일으키는
자신을 발견하곤 소스라쳐 놀라며
또 다른 자신을 발견한다

이렇게 아픈 만큼 슬픈 시간을 흘려버려도

가슴에 난 상처의 흔적은 지워지지 않았다
모든 게 절망이고 암흑이었다

놓아버렸던 욕망이 꿈틀거리며
눈을 뜨기 시작했다
버린 것에 대한
아니, 잃어버렸던 시간의 아쉬움
자꾸만 오기를 불러일으켰다

이대로 포기할 수 없다는,
이렇게 버리면 안 되는
시간의 소중함을 깨닫게 되었다

삶의 정수리

삶의 모퉁이에서
뒤돌아볼 수 있는 건 그리움뿐
언제나 그리움의 자리가
나를 놓지 않는다

시간에 순응하며 살아가야 하거늘
세월에 반항하며 살아온 것이
후회로 남는다는 게 세상의 이치였다

살아온 시간을 돌아보는 것
남겨진 시간을 향한 두려움과 떨림을
못다 한 말과 망각을 통해 극복해야 한다는 것
마디마다 숨겨온 아픔을 기억하며
걸음마다 다시 그리움을 묻는다

폭풍이 지나면 고요가 오듯
삶도 흔들린 뒤에 평화로움이 깃드는 것
미워할 수 없는 인연들을 부둥켜안고
함께 가야 한다는 게
세상을 살아가는 기본일까

우울한 날

아픈 상처 감추고
눈물 모아 기도하니
하늘에서도 함께 울어주는지
굵은 빗방울이 발등에 떨어진다

그칠 줄 모르는 내 눈물처럼
하늘에서 쏟아내는 빗줄기
허전한 가슴에 빗물로 채워본다

슬픔조차 모르고 살아왔지만
속 깊이 숨겨 두었던 외로움과 아픔들
한꺼번에 모두 쏟아내려 한다

이제 그만 그쳤으면
이제 그만 아프지 않았으면
이제 그만 그리움 떠나보내며
내리는 빗줄기에 기대어본다

내 슬픔과 아픔들 씻어달라고
모든 것 잊고 살아가기를
행복에 겨워 웃고 싶은…

너는 그림자

바라만 보아도 미소 짓는
그런 사람이 그대이기를

시린 가슴 따스함으로
포근히 감싸주는
그런 사람이 그대이기를

그림자처럼 살아가도
마냥 행복할 수 있는
그런 사람이 그대이기를

일상

하루를 살자 하니
지난날이 후회스럽고
하루를 살자 하니
다가올 내일이 두렵다

지난 시간이 미련으로 남아
그리움으로 뒤돌아보게 하는 시간
자꾸만 길어만 간다

내일은 무엇을 기대하며
이토록 아프게 기다리는 것인지
어떤 외로움 가늠할 수 없기에
혼란스럽기만 한 또 다른 하루

날마다 반복되는 순간들을 놓치며
가슴에 담아보는 그리움
퍼낼수록 차고 넘치는 것을

멈출 수 없는 눈물

가슴에 묻은 고통
멈출 수 없는 슬픔
내 사랑 허무하지 않도록
한 번이라도 돌아봐 주었으면

그 마음 아프다 할지라도
그대가 행복해질 수 있다면
바라만 볼 수 있는 시간들

안타까운 내 사랑
영원히 가슴속에 새겨 놓고 싶은

아직도 그대를 사랑하는
내 눈물의 사랑을 기억해 주길 바라며
그대가 사랑하는 나를…

3
행복의 근원

사랑의 이유

그리움이 힘들다고 버리려 하지 마오
사랑은 그리움으로 시작되니까요
사랑하고 있는 순간마다 외로움을 느낀다면
아주 많이 사랑을 하고 있는 관심이지요

외로움에 밤을 새우며
슬퍼서 눈물 흘리지 마세요
외로움과 그리움은
사랑하는 까닭이므로 아름답습니다

사랑함은 늘 함께하고픔으로
잠시 헤어져 있는 그 시간이
외롭고 고독하여 그리움이 되어
눈물 나고 슬픈 사랑

외로움도 그리움도
사랑이라 생각하며 살아가요
사랑하는 사람들이 잊히면
살아갈 이유가 없어지니까요

애틋하게 그리워하는 상대가 있다는 것

감사하며 고마워하는 삶이
더욱 완성되어 가는 삶
사랑은 아름다운 진실이지요

일상

너를 사랑하기 위해
하루를 시작하고
또 기다리며 살아 낼 것이다

너의 사랑을 믿으므로
멀어져간 모습 볼 수 없어도
우리의 사랑이라 믿으련다

살아 숨 쉬는 동안
너와 나의 사랑을 위해
날마다 기도할 뿐

우리 사랑을 이렇게라도 지켜
소망하며 살아가는 이유가 되고 싶다

오늘도 내일도

늘 그 자리에
당신과 함께 하리라 믿었기에
지금까지 견딜 수 있었습니다

늘 한마음으로
기다려 줄 것을 알고 있기에
조급하지 않았습니다

함께 있어야만
손이 닿아야만
내 사랑이라 생각 마세요

볼 수 없어도
곁에 없어도
늘 가슴속에 담긴
그런 사랑이니까요

아픈 계절

계절의 변화처럼
당신과 나의 사랑을 위하여
허망한 희망도 가져봅니다

보고픔으로 속 태워도
기다림이 헛되지 않은 믿음으로
마음 다독이며 편안해지려 노력합니다

흔들리는 낙엽 사이로
또 다른 희망을 품게 하는
계절의 끝자락에서 실망하지 않습니다

날마다 그날의 기대감으로
마음을 다스리는 시간
결코, 사랑은 절망하지 않습니다

낮과 밤 사이

새벽안개 사이로 스며드는
그대 이름 부르며
설렘으로 그대 그려봅니다

사랑스러운 모습이 커피 향으로
가을의 여운으로 스며드는 날
붉게 물든 나뭇잎 사이로
그 모습 스쳐 지나갑니다

꿈같던 사랑도
추운 겨울을 비껴가기 위해
붉은 얼굴 내비치며
반가운 미소로 맞이합니다

낙엽 태우는 연기에 스며드는
잊고 싶지 않은 사랑했던 시간
모닥불로 피어납니다

만남과 이별

이별인 줄 모르고
말없이 그대 보내드렸어요
다시 볼 날이 있을 거라 믿었기에
마지막 인사를 하지 못했어요

그대 보고 싶음에
하루 이틀 지나가는 시간
속절없이 보내고 있어요

연민 속에 기다리며
그때의 만남이
마지막인 줄 몰랐던 바보였어요

단 한 번만이라도
그대 숨소리 내게 들려준다면
단 한 번만이라도 볼 수 있다면

나의 기대는 날마다 어긋났어요
보고파도 볼 수 없는 당신
오늘도 먼 하늘 바라보며
그리움에 몸서리치고 있어요

사랑은 그런 거야

가슴과 머리가 다른 것
그런 사랑도 사랑인 거야
머리는 아니라고 하는데
무작정 달려가는 가슴이 사랑인 거야
빨강 신호등이 깜빡이는 것을
모르는 게 사랑인 거야
어디로 가든 함께이면
행복한 게 사랑인 거야
사랑은 그런 거야
밉다고 지워버릴 수 없는
문신 같은 거야
포기할 줄 모르고
기다리는 것도 사랑인 거고
보이지 않는 허상인 것을
믿는 게 사랑인 거야
포기할 수도 없고
괴로워하는 게 사랑인 거야
그렇게 사랑은 무심한 거야
그래도 늘 그리운 게 사랑인 거야

좋은 친구

그냥 스칠 수 있는 만남을
인연의 좋은 끈으로 엮어가는 것
이해와 배려의 사랑이란다

미움도 사랑에서 시작되고
그리움에 마음 아파함도
사랑 때문이란다

세상을 살아가면서
힘들어도 꼭 필요한 건
믿음 속 사랑이란다

인연의 고리

짧은 만남이 아쉬워
여운으로 남은 그 사람
그저 바라볼 수 있는 공간에서
인연의 고리 이어지길 바라지만
스쳐 가는 가을 여운처럼
다시 또 내게로 다가오는 인연
그 인연의 끈 끊으며
떠나는 마음도 바라보는 마음도
지나가는 바람보다 못한 것을
깊은 가을이 오고서야 사무치게 한다
사랑은 구속하는 것이 아니었어
아쉬움과 그리움을 남긴 애달픈 인연
다시금 기다림을 배우게 되는...

몰랐어요

영원히 곁에 머물 줄 알고
응석과 투정을 부렸습니다
사랑한다는 이유 하나로
당신의 모든 것을 가지려 하였습니다
사랑은 그런 것인 줄 알았습니다
하지만 곁에 없는 당신이 생각날 때마다
흔적을 찾는 어리석음을 발견합니다

사랑은 영원할 수 없지만
서로에게 편안함을 주어야 한다는 것,
더 이상의 욕심은 집착이라는 걸 알았습니다

곁에서 지켜봐 줄 수 있는 것이
얼마나 행복한 일인지
잃어보지 못한 사람은 모를 겁니다

보고 싶을 때 볼 수 있고
같은 하늘 아래에서 숨 쉬고 있다는 게
얼마나 행복한 일인지 미처 몰랐습니다

당신의 빈자리마다

눈물로 채우는 순간마다
후회로 가슴이 저려옵니다

군중 속의 외로움

많은 인연과 소통하는 동안
외로움이 뭔지 몰랐습니다
사람들 대부분이 만남에 대해
항상 행복하게 살아가는 줄만 아는 것 같습니다

나만의 고통 속에
헤집는 가슴 속의 이야기들
마음 놓고 하소연할 만큼
그런 사람 몇이나 되겠습니까

가슴을 파고드는 외로움을
저 하늘만이 알고 있으리라
스스로 위로하기도 하면서
흐르는 구름만 바라볼 때도 많아집니다

가끔 허전한 마음이 들면
어디에도 풀 길 없는 사연들이
줄줄이 이어질 때
조용히 음악을 듣기고 하고
할 일 없이 거리를 거닐기도 합니다

인간관계나 사람 사는 일들이
거의 비슷하다는 것으로 위안 삼는
오늘이 안타깝기도 합니다

행복의 근원

씩씩하게 살아오는 동안
참으로 외롭고 고달팠지만
남들은 행복한 줄만 알고 있습니다
아무도 눈치채지 못하도록
늘 상 웃음 머금고
살아가는 활기찬 모습에
모두 부러움의 눈길을 보내왔습니다
온몸으로 세상의 부러움과 행복을
다 가진 삶이라 해도
때로는 어둠이 밀려오고
또 다른 세상이 펼쳐질 때는
힘겨운 발걸음 소리가 들려
소스라쳐 몸을 움츠리기도 합니다
한발 앞서 서 있는
초라한 몸뚱어리 하나를 발견하고
절망에 발을 내딛기도 한다
또 다른 자기 모습이 기다리고 있는
저 높고 넓은 곳으로 변함없이 이끌려 가는
낯선 곳을 향하는 자신을 발견하기도 합니다
화려하고 당당하게
자신감 넘치고 패기 넘치던 모습은

간데없고 보잘것없고 초췌한 모습입니다
무엇을 위한 삶인지
어떤 것을 얻기 위함인지
서로가 모르는 다른 모습들은
늘 싸움질하고 있습니다
머릿속 여러 가지 생각과
가슴속의 또 다른 생각들은 지칠 줄 모르고
다툼으로 삶의 시간을 낭비하고 있다
그것이 인생인 게다
어떻게 살아온 것이 잘 살고 못 사는 것인지
정답 없는 생의 길은 끝없는 여행길
기준을 가름하는 건 오만이다 누구나 후회는 남고
앞으로의 두려움으로 시작을 하는 것
누구나 보이는 삶이
자신의 진정한 인생이 아니라는 것
한결같은 삶을 살기 위해
몸부림치는 것이 최선인 것인지

잃어버린 것에 대해

보고 싶다고 말하면
너를 만날 수 있을까
긴 세월 동안 기다리기만 하면
되는 줄 알았는데
그 믿음이 깨어져 슬픈 오늘
가슴이 답답하다
시간이 갈수록 보고 싶단 말밖엔
할 수 없는 내가 정말로 싫다
무조건 매달리며 놓지 말았어야 했는데
지나고 보니 후회스럽고 한심해
나 자신이 미워지기도 하지만
자존심 때문에 솔직하지 못했던
그날의 내 마음이 후회스럽다
나 어떻게 하지
너 없으면 안 될 것 같은데
나 좀 바라봐 주면 안 될까
모든 걸 포기해도
너만은 포기가 안 되는 걸 어쩌나
죽음이 나를 힘들게 한다 해도
너만 있으면 견딜 수 있을 것 같은데
우리 다시 새롭게 시작해 볼 수 없을까

한 번만 더 사랑하면 안 될까
너와 나만 생각하며 사랑하자
그리 살아보자고 말해 줄 수 없을까

발자국

검은 세상 하얗게 표백하는 함박눈
내 가슴에도 쉼 없이 쌓입니다

마지막 발자국마저 지워버리라며
펑펑 쏟아져 내립니다

온종일 내리는 하얀 눈
지저분한 세상과 나의 마음을 덮어
새로운 변화를 갖게 합니다

그리움 하나

내 눈물로
그대 아픔을
치유할 수 있을까요

뚝뚝 떨어지는
눈물방울 모아 강물에 띄우면
그대 만날 수 있을까요

내 사랑을 전할 수 없어
그리워하면 뭉게구름 속에서
빼꼼히 내미는 그대 모습이
햇살에 반사되어 빛날까요

밤이 오면
별빛 속에서 빛나는
그대 숨소리 들으며
오늘도 허기진 밤을 보내며
그리워서 눈물만 흘립니다

기다림의 연속

사랑하는 사람을 잃었습니다
어디에서도 그 사람 흔적 찾을 길 없습니다
내 마음속에 꼭꼭 숨겨 두었던
사랑마저도 떠나 버렸습니다
보내지 않으려 붙잡고 매어 두었는데
나도 몰래 어느새 떠나 버렸습니다
다시 기억을 더듬어 떠올리려 했지만
아무것도 보이지 않아 허공 같습니다
나의 기억은 얼음 동산에 갇혀 버렸습니다

다시 따뜻한 봄날이 찾아올까요
가슴의 얼음 조각들이 손끝까지 퍼져
온기를 잃어버렸어요
움직임조차 느낄 수 없는 얼음산으로
두 눈만 그대를 찾아 헤매고 있습니다
단지, 미세한 바람 소리만 들릴 뿐
나의 눈동자는 한곳에 머물러
더 이상의 세계를 볼 수 없습니다
갈 곳 잃은 내 사랑은 얼음산이 되었습니다
봄은 오고 있지만 마음속 얼음은
꿈쩍도 하지 않습니다

언젠가 봄바람이 불어오기를
오늘도 마냥 기다리고 있습니다

계절의 변화

가늘게 스쳐 가는 바람 소리
행여나 놓칠세라 두 귀를 쫑긋 세운다

조곤조곤 겨울을 밀고 오는
작은 빗방울은 봄의 몸짓인지
두꺼운 마음의 계절이
탈바꿈을 위한 표현인지

가슴 속 냉랭했던 연민들이
봄날을 위해 다가서고 있는 건지

못다 한 사랑

너울의 깊이를 몰라 빠져드는 일상
헤어 나오지 못할 사랑의 늪
곳곳마다 그물처럼 에워싼 중독
뱃머리에 부딪히는 파도와 무엇이 다를까

천상의 인연이 이승에서 이어져
비켜 도망치는 듯 외면해도
때로는 못내 아쉬움으로
그리움을 끌어안고 바닷가를 떠돈다

파도의 너울만큼
그리움에 아파하는
사랑하는 마음 어찌하나

푸른 바다로도 위로가 되지 않는
너를 향한 내 마음이
어찌 바다만 안아 줄 수 있으랴

그 약속

겨울 속 웅크리며 함께 걷던 길
따스한 봄바람이 귓불을 간질이기도 했지

정열적으로 쏟아내는 햇살 아래
가던 길 멈추고 하늘을 쳐다보며
우리의 사랑 약속했지

구름 한 점 없는 오늘
푸른 하늘 속에 그리운 얼굴 하나
그려보며 피식 웃음 터트려 본다

올가미에 걸려 있던 무거운 마음
멀리 있는 너에게
봄바람에 실어 보낸다

4

사랑에 대한 명상

비 내리는 새벽

어둠을 뚫고 후드득후드득
가슴 한편을 두드리는 소리
그리움을 주는 빗소리인가
설렘을 주는 빗소리인가

마음속 깊은 곳까지
녹지 않은 앙금을 쓸어버리려는 듯
비가 거세게 내리친다

세찬 빗줄기에 몸을 맡기고
하염없이 휘청거리며
비에 흠뻑 젖어 든 모습
애처롭지 않다

빗속에 아련히 떠오르는 모습 하나
그리움이 외로움을 데리고 함께 바라본다

이 비 그치면
세상의 걱정 근심 맑아질까
이 비 그치면
높은 하늘에 꽃구름 펼쳐질까

내 우울한 마음이 청명해져
밝은 햇살을 불러들일 수 있을까
꽃비가 되어 주길 바라며
또 하루를 기대해 본다

각인된 그날

우리는 그랬지
마주 보며 미소로 말하던 순간들
가슴 가득 채워주던 마음과 손길
그날은 참 행복하고 즐거웠지요

많은 세월이 지나도
우리 그 순간들을 잊지 말아요
다정하고 따뜻했던 시간
계절이 바뀌어도 변함없이
기억하기로 해요

내리는 눈

겨울의 마지막 몸부림인가
봄을 시샘하는 아우성인가
꽃이 피고 또 지려고 하는데
겨울은 봄을 삼키려고 애를 쓴다
자연을 거스르고 싶은
욕심인가 트집인가
세상일들이 내가 원한다고
다 되는 일 없듯이
공연히 겨울이 떠나기 싫은지
눈송이 되어 세상을 하얗게 덮는다
어차피 떠나야만 하는 데
계절을 거슬러 뒷걸음치며
하얀 눈으로 버티고 있는지

흔들리는 시간

내려놓지 못한 마음
가는 바람에도 흔들려
현기증을 일으키며
갈피를 잡지 못한다

그토록 흔들리던 세상일들이
어느 순간 잠잠해지더니
고요와 적막 속에 차분해진다

삶은 이런 것인가
어느 한순간 겨울이다가
따사로운 봄날 같더니
이런 게 인생인가

자연은 말없이 순리대로 이어지고
사람은 욕망으로 가득 채우려 하니
지치고 힘들어지는 것일까

걱정한다고 해결되지 않는 일들
마음을 비우고 때를 기다릴 줄 알 때
슬픔이 변하여 기쁨으로 다가오는 것

기다림의 연속인 삶에 기대어
용기를 잃지 말아야 한다

빛바랜 그날

묻어버린 세월 속에 무뎌진 감성
버둥거리며 슬며시 고개를 드는 시간마다
걷잡을 수 없는 마음이 안개 속을 헤맨다

살그머니 고개 내민 달님에게
눈물 편지 띄워 보내다 보니
아, 새벽하늘이 밝아진다

외면하듯 숨어버리는 달님
빛바랜 편지만이 두둥실 바람을 타고
멀리멀리 사라지고

잎새에 매달린 이슬은
그대 눈물인가
그리움의 회한인가

새벽녘의 가슴이 아직도 먹먹하여
흐려지는 시야 속에 떠오르는 모습
잊었다 했지만 솟구치는
그리움 하나 한숨으로 토해낸다

잊을 사람

당신을 잊으려고 애를 씁니다
길에서 만나도 지나치려 합니다
우린 사랑하지만 헤어져야 해요
아픈 가슴 숨기고 살아보도록 해요

슬픈 눈으로 보지 말아요
당신의 마음 다 알고 있어요
잊으라 하니 잊어야겠지요
모른 척 지나쳐 달라고 하니 그리해야죠

사랑하지만 잊어야 하므로
무너져 내리는 마음 너무 힘들어요
땅속으로 스며드는
몸과 마음 어찌할 수 없어요

아무것도 할 수 없는 무기력한 내게
다시 돌아와 줄 수는 없을까요
마지막 뒷모습을 보면서
마음속으로 기도합니다

한 송이 장미꽃

내 마음에 장미꽃 한 다발을 심었어요
날마다 꽃이 피길 바라며
정성껏 물도 주었고 따스한 햇볕도 쬐어주니
한 송이 두 송이 천천히 피기 시작하더군요
조급한 마음에 한꺼번에 필 수 있는 방법이 없을까
고민하게 되었지요
좋은 영양제도 주었고 물도 충분히 주면서
활짝 핀 꽃을 기대하면서 기다림의 연속이었죠
그리고 얼마 후 꽃망울이 올라오고
하나둘 피기 시작하는 장미꽃에
마음을 빼앗기기 시작했지요
장미 향기에 취해 정신을 못 차릴 즈음
시들기 시작하는 꽃송이가 보이기 시작했죠
꽃이 피었을 때의 아름다움과
떨어지는 꽃잎은 가질 수가 없었어요
예쁘지 않아 시든 꽃잎을 잘라 버리기 시작했어요
예쁘게 피어있던 꽃들은 사라지고
푸른 잎으로 뒤덮기 시작하는 장미는
시원한 그늘을 만들어 주는 거예요
기대하지 않았던 그늘이 생겼어요
푸른 잎에 익숙해질 때쯤 뒤늦게

작은 꽃망울들이 하나둘 터트리더군요
뜻밖의 일이 벌어졌지요
표현할 수 없이 아름다운 장미꽃이었어요
많은 꽃이 피었을 때보다
때 늦은 꽃을 피운 장미가
더 예쁘고 소중히 여겨졌어요
살면서 그늘에 묻혀 지내던 시절 끝에
좋은 일이 생기듯이 자연의 섭리도
우리의 삶과 비슷한 것 같았어요
늘 절망하지 않고 희망을 꿈꾼다면
기회는 오지 않을까요
작고 보잘것없다고 생각할지 몰라도
마지막 힘을 다해 누군가에게
희망과 기쁨을 줄 수 있다는 건
행복한 일이라 생각해요
나의 작은 마음이 행복을 나눠 줄 수 있다면
힘들고 외로운 길이라도 마다하지 않겠어요

외면

그대를 잊기 위해
애쓰는 시간마다
뿌연 안개처럼 밀려드는 그리움

멀어지려 애쓰는 내게
마음을 흔들어놓고
아픔만 남기고 외면한 당신

연민으로 무거워지는
가슴을 달랠 길 없어
미움보다 사랑이 더 커져만 간다

표현할 수 없는 이 가슴
남은 세월 어찌해야 하나
차라리 만나지를 않았다면
이런 아픔의 고통을 겪지 않을 것을

미워할 수 없는 너를 못 잊어
스스로 세월 속에 갇혀버린 나는
고통으로 몸부림치는 모습을
두 눈에 담아두지 말았어야 했어

볼 수 없는 곳

당신 곁에 늘 있는 듯하지만
같은 길을 갈 수 없어 미안합니다

당신의 사랑 떠나서는 살 수 없는
나는 늘 외로움에 아파합니다

당신을 가슴에 묻어두고
꺼내 볼 수 없어 미안합니다

세월이 더할수록 그리움이 커져
미워하려 해도 뜻대로 되지 않은 것은
당신을 놓지 못해 미안해합니다

이제는 모든 걸 내려놓아야 하는
내가 한심하기도 합니다

늘 그리움으로 몸부림치는
저를 용서 바랍니다

어쩔 수 없어요

어쩌지요
한순간에 무너지게 될 줄
진정 모르시지요
모두가 남들보다 자신이
좀 더 나을 거라
생각하는 바보들이지요

세상을 무시하고
제 잘난 맛에 활보하며 살아가는
못난 인생들은 자신을 뒤돌아볼
시간조차 갖지 못하고
바쁘게 사는 사람들
언젠가는 허무함과 공허함으로
잃어버린 시간에 대해 후회하겠지요
그 순간을 맞았을 때
얼마나 무섭고 두려울까요
아무도 알 수 없는 미래
보이지 않는 두려움으로
어둡고 긴 터널을 건너야 하는 순간
지나온 사람이 아니면
느낄 수도 알 수도 없는

복잡하고 미묘한 그런 시간
표현할 수 없을 만큼 후회하겠지요
두려움의 끝은 절망이요
아픔의 끝은 길기만 하겠지요
겸손과 배려와 섬김의 자세야말로
참다운 삶이 아닐까요
사랑과 온유의 삶 빛과 소금으로

넋두리

하늘에 구멍 난 듯
온종일 퍼붓는 소낙비가
메마른 가슴 가득 채워 주어
스스로 위로함 받는다

마음이 울적한데
바람에 휘둘려 쏟아지는 빗줄기
온몸을 맡긴 채
커피의 향기에 마음 다독인다

갈팡질팡하는 내게
소낙비는 정신 차리라며
세차게 뺨을 후려치며
고래고래 소리를 친다

그때야 마음 가다듬고
미소 짓는 여유를 부린다
다른 이들이 알지 못하는 아픔
이렇게라도 위로받는 듯
빗소리는 속을 후련하게 해준다

나의 삶 나의 인생

세상을 잘못 알고 살았는지
다시 돌아볼 시간이 필요하다
좋은 생각으로 좋은 일만 하면서
남들에게 피해를 주지 않고
도움 줄 수 있는 삶을 살고 싶은 것이
모든 이들의 바람이었을 텐데...
왜 이런 일들이 생기는 걸까
바보라서 바보 같아서 일까
다른 이들이 보는 시각이 그런가
좋은 마음으로 도움을 주고자 하면
바보 취급을 하는 것만 같다
세상을 살아가면서 자신의 이익만 취하고
자신에게 이로운 일만 하는 게 잘사는 것일까
남의 자리를 탐내며 자기 것으로 갖고자
애쓰며 살아가는 세상인가
왜 세상 사람들이 부당하게 사는지
내 마음처럼 그리 살면 바보가 되어야 하는 건지
정말 알 수 없는 아이러니한 사람들
미움도 사랑이라 하던 때가 그립다
모든 이의 행동에 불신을 심고
거짓된 행동으로 살아가야 한다면

삶의 의미가 무엇일까
아무리 생각해도 이해되지 않는다
삶의 질이 환경에 지배를 당한다면
그건 인간의 삶이 아니라 동물적인 행위
이성으로 지배하지 못하는 생명체일 뿐
만물의 영장이라는 인간이 아닐 것이다
다시 한 번 삶의 질을 마음과 가슴으로 느끼며
풍족하고 건강한 삶을 애쓰는 사람들
격려와 사랑의 박수를 보내고 싶다

불행과 행복

서로 다른 종류의
나비가 꽃 속에 묻혀
각자 행복으로 춤추고 있어요
서로 생활에 만족하며 주위에서 맴도는
다른 존재에 대한 의식도 없이
각자의 일을 하며
아무런 의심조차 하지 않는
평화로운 생활을 하고 있었죠
어느 날 우연찮게 다른 부류의 나비가
자신의 주변을 맴도는 것을 느끼기 시작했어요
처음 느끼는 감정에 호기심이 발동했죠
주변 환경이 점차 변화하고 있다는 것을
느끼지도 못하면서 빠져들기 시작했어요
평온했던 삶의 패턴이 흐트러지기 시작했고
주변의 좋아하던 꽃들의 관심을 빼앗기기 시작했죠
그제 서야 서서히 정신을 차리기 시작하더군요
새로운 것에 현혹되어
삶이 흔들리고 있다는 것을 깨달은 거죠
주변의 시선은 이미 다른 곳을 향하기 시작하였고
그것을 잡기 위한 노력은 처절했어요
내 소중한 것을 빼앗기기라도 할 것 같아

경계하며 집착하기 시작했어요
새로운 것에 집착해서 소중하고 삶을 아프게 했던
이미 자신의 잘못이 아니었어요
아픔이 더 컸으니까요
자신의 잘못된 행동들은 이미 잊어버리고
지금의 환경이 참기 힘들어 죽을 것만 같았죠
자신의 불행은 자신의 잘못이 아니라고
남의 탓으로 원망만 쌓아갔고
주변의 모든 것이 미웠고
예쁘게 핀 꽃들도 미워지기 시작했어요
도를 넘어 저주를 퍼붓기도 하는
어리석은 시간들
쏟아지는 빗줄기를 바라보는
그는 이 빗속을 뚫고 뛰쳐나가
어떤 생각의 지배를 받고 있을까
풀어져 버린 동공 속의 그리움
빗소리마저 처량하게 만든다
이 외로움
이 그리움
언제쯤이면 막을 내릴는지
이 비 그치면

붉은 태양이 비출 텐데
세상은 다시 활기를 되찾을 텐데
초점 잃은 나는
무엇을 바라고 있는 것인지

공간과 공간 사이

하얀 공간 속에서
미세하게 흔들리는 온몸
무엇이 두려워 떨고 있을까
작은 공간마저
구석진 자리로 내몰고 있는
몸부림은 자신이 없음이다
툭툭 털고 일어나면
더 큰 세상이 펼쳐질 텐데
보이지 않을 만큼 미세한 자리
그곳을 선택하여 무기력한 자신을 가두고
날마다 생각 속에서 버티고 있다
이미 무뎌진 익숙함이
자신의 삶이 되어버렸을까
그곳에서만 안정을 찾는 바보일까
누군가 손 내밀어 준다면
예전처럼 넓고 밝은 세상 속으로
절뚝이며 따라는 갈 수 있을까
처음이야 어색하고 두렵고
무서운 생각에 망설이겠지만
조금씩 밝은 곳에 익숙해질 수 있을 거야
처음부터 자신만만했던 것처럼

자연스럽게 세상 속으로 내딛는 걸음
공포가 사라지면
비로소 자신의 모습을 되찾겠지

그대의 두 눈 속에

당신의 두 눈 속에
내가 있으므로
슬퍼도 울 수가 없어요

내 눈 속에 당신이 있어
내가 웃으면
당신도 웃고 있어요

흐르는 눈물에
당신이 지워질까
난 슬퍼도 슬퍼할 수 없어요

당신의 사랑스런 미소
행여나 지워질까
울지 않아요

멍하니 두 눈 깜빡거리며
고인 눈물
다시 감추고 말아요

그리고 흔적

마음만 주고 가면
서운 하잖니
작은 자리라고 생각했는데
너무나 큰 자리였어

큰 웃음 줄 수 있는 너였는데
사랑을 듬뿍 줄 수 있는 나였는데
볼 수 없어 더 많이
느낄 수 없어 아픈 마음

내게 머무는 시간이
너에겐 힘든 싸움이겠지만
잠시나마 행복할 수 있었어

그래서 더욱 아쉽고 슬픈 마음
네가 없는 빈자리
무엇으로도 대신 할 수 없어

사랑에 대한 명상

외면한 사랑
다시는 눈길 주지 말아요
다시 시작되는
사랑이 될 수 없어요
그 사랑을 위하여
더 이상 시간 낭비하지 말아요
가슴에 남은 사랑마저 사라지면
무슨 힘으로 살 수 있을까요
이미 떠난 사랑, 후회마저 늦은 거예요
돌아섰다면 미련 때문에
눈물보이지 마세요
떠난 사랑은 다시 돌아오지 않아요
예전처럼 따사로운 사랑 될 수 없어요
상처로 찢어진 가슴 아물 수 있지만
흔적은 지울 수 없으니까요
아름다웠던 그 사랑
미움으로 남게 하지 마세요
추억의 한 페이지로 남겨 두고
가끔 펼쳐 볼 수 있게 해주세요

연서

일생에 한번 뿐인
사랑의 편지 보냅니다

다른 사랑을 받아들일 마음
내겐 남아 있지 않거든요

한 사람만의 마음을 가득 채워
더 이상 담을 곳이 없거든요

좋은 사람 많지만 내게는
그 사랑을 담을 가슴이 없어요

비워도 비워지지 않는
그런 사랑은 당신뿐입니다

끝까지 버릴 수 없는 사랑
바로 당신을 향한 순정입니다

진실

괜찮아,
괜찮다고 말하지만
아픈 마음 달래지지 않아요

가느다란 희망을 부여안고
애써 웃음으로 포장하는 마지막 삶
사랑하는 이의 눈물이 될까
표현조차 못 하고 쓴웃음 짓는
이 마음 무너지는 것을
그대는 알고 있을까요

쓸쓸한 웃음 보내며
마지막을 준비해야 하는
애끓는 마음 아시는지요

함께했던 지난 시간
소중한 기억으로 간직할 수 있어
행복했다고 말할까요

마지막 순간까지도
기억 속에 늘 웃는
그런 모습 남기고 싶어요

잊을 수 없는 사람

나도 몰래 당신이
내 안에 스며들어
내가 되어버렸는지 알 수 없어요

조금씩 다가와
한 몸이 되어버린 당신
내가 나를 버릴 수 없듯
당신을 잊을 수가 없어요

그리움에 가슴 떨면서
미워할 수 없는 당신의 모든 것
기억으로 각인되어
하나가 되어버린 나만의 사랑

영혼을 팔아서라도
지키고 싶었던
나의 사랑이에요
오늘도 그대만을 생각해요

이럴 수가

왜, 내게, 이토록
깊은 시련이 찾아왔을까요
많은 것을 바라지도 않았고
욕심부리며 남의 것을 탐하지도 않았는데
그저 평범하고 소박한 삶을 살고 싶었는데
이것도 욕심이었나 봐요
더 많은 탐욕과 남의 불행이
자신의 행복인 양 살아가는
사람들도 세상에 많은데
단지 웃으며 걱정 없이
살고 싶은 게 소망이었는데
행복을 함께 나누고 사는
그것조차 기회를 주지 않는군요
남아있는 시간을 쪼개고 또 쪼개어
남들보다 더 많이, 현실적으로
보다 많은 사랑을 하고 싶습니다
내 마지막 소원이 이루어지길
바라는 마음은 사랑만 하고 싶습니다
사랑은 이렇게 바라는 것으로
끝나야 하는 거라면 그리 살겠습니다

헛된 맹세

문득 멈춰선 이 곳
그대의 환영이 보이지 않길 바라지만
추억이 머문 자리마다
떠나지 못하는 슬픔이 있다

그대, 조금만 더
머물러 줄 수 없었을까
바람이 헛되지 않기를
소망 중 하나였지

함께 보낸 시간의 행복
미움으로 지우려 애써 보지만
잊히는 시간이 만만찮다

마음의 병이 깊어서
흘러가는 구름과 바람에게
다짐도 해보지만
헛된 맹세가 되고 만다

삶이란

가끔 삶이 힘들어질 때
하늘의 뭉게구름 올려봐
아픔의 눈물이 바다가 되어도
미소를 지을 수 있었던 것은
당신의 따스한 눈길이 있었기 때문이야
언젠가는 우리가 과거를 먹고 사는
인생을 살아야 할 때가 오겠지
떠올린 추억이 있다는 건
참으로 감사한 일인 것이지
미소 지을 수 있는
기억이 남아 있다는 건
힘든 세상을 잘 견디며
살고 있다는 증거기도 하지
순간의 아픔이
세상을 무너뜨릴 것 같겠지만
지금 우리는 이렇게
잘 버티며 살아내고 있잖아
사는 게 별 건가
그냥 순간마다 아끼며
의미 없는 시간에도 애쓰며
웃었던 날도 있었다는 것

소중한 이야기가 될 수도 있는 거야
같은 생각이 같은 방향이
때로는 웃음이 되었던 추억
다 지나고 보면 그날이 소중했고
행복이라고 입을 모아
떠올릴 수 있다는 건
살아 있다는 존재감이지
우린 이렇게 그저 허탈하게 웃으며
살아가면 되는 거 아닌가
이게 살아가는 방법 아닐까

5

바보들의 행진

기쁜 인연

그대가 행복하여
입가에 미소가 머물기를
내가 바라는 진실이야

사랑하는 이의 가슴에
늘 꽃이 만발하기를
그도 바랄 것이다

바라봄에 즐겁고 행복하고
곁에 있음에 평안해질 수 있다는 건
큰 축복의 인연

서로가 아껴주고
사랑하는 가운데
생명을 키우는 햇살처럼
환한 세상이 될 거야

시간의 모습

보고 싶은 얼굴
너무나 보고 싶은데
당신은 어디서 무얼 하는지

내 시선이 머무는 곳마다
보이는 것은 당신의 환영뿐
걷잡을 수 없는 포로가 되어
무슨 일을 해도 당신 생각뿐

세상에서 만나는 인연들 별처럼 많아도
당신에게 최고인 그런 사람
나였으면 좋겠어

일상을 마무리하는 순간까지
내 곁에 없는 당신
오늘 하루도 긴 시간이었어

가면

가슴이 오그라드는 아픔을
어느 누가 알아차릴 수 있을까
다른 사람이 내가 될 수 없듯이
나 역시 상대의 슬픔과 생각을
짐작조차 하지 못했어
삶에 지칠 때마다
태연한 모습을 보이며
가지려 했던 모든 것을 내려놓으면
가벼워질 수 있는 삶

가졌던 시간보다 잃어버린 시간이
가슴을 파고드는 날 옹이진 자리마다
제 욕심에 겨워서 일게다
마음으로는 웃음과 평온을
모든 이에게 나눠주고 싶은 데
그 무엇들이 가슴만 쥐어뜯게 한다

빠르기만 한 시간의 흐름에
마음을 올곧게 세우고
귀하고 소중한 순간들과
기회를 놓치지 말아야 한다

지금도 그리운

세월이 가고 오는 동안
자꾸만 희미해져 가는
당신의 모습이 그립습니다
내 눈물을 닦아주던 손길이
오늘따라 그리워서 힘든 시간입니다
다시 눈물을 담아
당신을 기다려 보지만
올 수 없는 길로 들어선
당신의 기다림이 헛되고 있습니다
시간이 강을 건너
바다로 흘러가는 동안
기억마저도 어스름한 그 순간들
힘들고 지칠 때마다 또렷이 나타나는
당신이 그리워서 꿈에서라도 만나길
신의 가슴을 두드려 봅니다
앨범을 꺼내어 사진으로 보는 당신은
한결같이 웃고만 계시지만
그토록 나의 아픔에 대해선
눈물을 아끼지 않으시던
사랑하고 존경하는 아버지
늘 감사하면서 눈물이 고입니다

힘든 고통을 어루만질 수 없어
안타까워하실 당신의 마음에
또 한줄기 눈물만 끊임없이 흐릅니다
때로는 바쁜 생활에
잠시 잊은 날도 있었지만
심장이 뛰는 순간까지 당신을 사모합니다

공감

누구에게나
아픔과 슬픔이 있습니다
세상에 태어나 살아가는 동안
원하지 않은 일들을 맞아
목숨을 던지고 싶을 만큼
힘든 일을 겪을 때가 많습니다
크든 작든 자신이 감당키 어려운 일은
아픔과 슬픔이 되어
남몰래 흘리는 눈물이 많습니다
때로는 모르는 척
아무 일도 없는 것처럼
태연함을 가장하고 견디기도 하지만
한계에 부딪힐 때마다
밤을 새우기도 하는 그런 경험을
사람들은 피하고 싶은 아픔과 슬픔이지요
어느 날은 화창하다가도
먹구름이 가득 몰려들고
비바람이 몰아치는 그런 날들
자연의 섭리처럼 우리네 삶이 그러하여
하루도 안심하고 살아갈 수 없는
인간 세상에서도 꿈을 키우며

내일을 위해 열심히 노력하는 자세
가볍고 무거운 삶이
참으로 다채로워 힘이 됩니다

연리지 사랑

꽃이든 바람이든
어떤 것으로도 널 찾아갈 거야
지금의 네 모습이 보이지 않더라도
너의 향기를 맡으며 너를 만나러 가리다

연정은 무엇으로도
끊어지지 않는 사랑
서로가 원한다면 언제든 어디서든지
만날 수 있다는 믿음이 확고해

우리 어울릴 것 같지 않지만
겉과 속이 다른 모습일지라도
사랑으로 한 몸이 되는 연리지처럼
우리 서로 의지하고
믿음으로 살면 되는 거야

절망과 희망

서산을 물들이며
노을을 등에 지고서
쇠약해지는 영육인 줄 모르고
노래하며 춤을 추었다

한순간에 검은 구름이 몰아치며
천둥 번개로 혼절하게 하는
삶의 이정표에서
그렇게 변절하기도 하더라

끝이 보이지 않는
어둡고 칙칙한 공포 속을 달리며
그 순간들을 모면해야 했던 날
나는 절망 속에서도
한 줄기 빛을 좇아 주저앉지 않았다

저 먼 곳에 희망이란 두 글자가
선명하게 보이면서
잃었던 기운을 되찾아
멀어도 목적을 향해 지체하지 않았다

옛 속담에 정신을 잃지 않으면
호랑이에게 물려가도 살아남을 수 있다는
교훈을 늘 가슴에 새기고 살다 보니
어떤 한계에 부딪혀도 일어설 수 있었다

생각의 굴레

무심코 하늘을 바라보다
마음속 깊은 곳에 자리 잡은
그리움이 솟구쳐 눈물이 난다

작은 슬픔이 점점 부풀어 올라
태풍이 되었다가 심한 비바람이 된다
이 무서운 마음의 파도는 쓰나미로 변하여
나의 모든 것을 휩쓸고 지나갈 것 같았다

다시 마음을 바로 세우다 보니
내가 참 미련한 바람이었구나
깨닫는 순간도 잠시 잠깐
폐허가 되었던 나를 수습한다

앞으로는 휘청거리지 말아야지
앞으로는 흐느적거리지 말아야지
나를 비우면서 각오를 하는 동안
나는 평온을 되찾을 수 있었다

기도

삶이 아프고 지루할 때
푸른 하늘에서 맑은 기운을 받으라 했지
하지만 쉽게 위로가 되지 않아
비집고 나오는 눈물만 삼켜야 했어
나약함을 보이지 말라는
친구들의 조언을 들으며
울컥하는 가슴을 진정시켰지
때로는 소리 내어 펑펑 울어보기도 하고
가슴이 터질 것 같은 삶의 외로움이
조금은 위로가 되기도 했지
무너지는 인생을 짊어질 힘조차 없어서
질질 끌고 걸어가는 게 우리의 삶인 것을
그러다 보면 웃기도 하고
희망도 보이고 꿈도 꾸게 되지
한 걸음 두 걸음
미래의 나를 향해 다가가는 거야
아주 짧은 순간의 행복을 느끼면서
그렇게 모두 살아가는 게 진실이야
스스로 위로하며 버티어 보는 일상
생각을 많이 하지 말자며
가슴과 머리에 멍때리기를 한다

일상

흐리고 바람 부는 날
외로운 그림자 다가오고
쓸쓸함이 지나고 나면
밝은 미소로 다가오는 소소한 바람
몸을 휘감기도 한다
물보라 일으키며 다가오는 그리움
외면하며 미소로 지워낸다
늘 함께일 거란 생각은 버려야겠다
어느 순간에 사라질지 모르잖아
곁에 있을 때 조금만이라도 돌아봐 줘야지
눈에 보이는 것만이 다가 아니잖아
용광로처럼 끓어오르는
그리움의 고통도 삶이 되더라
가슴에 외로움의 비수를 품고
다른 사랑을 품지 못하게 되더라
너 떠난 한 곳만 바라보게 되더라
다가올 그날이 언제일지 모르지만...
그대가 없으니 사방이 다 암흑이더라
그대 없는 이곳은 숨소리조차 낼 수가 없더라
살아도 사는 게 아니더라
물 한 모금 넘길 수 없는 고통이더라

너와 나

어두운 밤거리를 헤매는
너는 누구인가
터덜터덜 내딛는 발걸음 뒤에
묻어나는 외로움의 발자국
스산한 바람이 옷깃을 스치고
너의 향기가 내 몸을 감싸안는다
나는 어디로 가는 걸까
또 너는 어디서
이 외로움을 견디고 있을까
같은 걸음으로 같은 생각으로
서로를 그리워하다가
언젠가는 한 곳을 향해 갈 거야
갈망하는 나의 바람은
결코 닿을 수 없는 평행선
그리움은 늘 따라다니는 그림자
사랑이 사랑을 지배한다

상사화

죽음의 고통을 느낄 만큼
숨 쉴 수 없고 보이지 않는 세상
그대가 있어 참아냅니다

그대를 자주 볼 수 없는
숙명이라 여기면서
보고픔에 목말라 애끓어도
다른 곳으로 고개 돌리지 못합니다

그대가 나를 볼 수 없어도
아름다운 꽃을 피워
오로지 한 자리에 머물러
상사화를 피우렵니다

눈을 감아도
그대가 보입니다
세상의 모든 것이
그대의 잔상이고 향기뿐입니다

존재의 의미

나는 그랬다
살면서 무엇을 놓치고 살았는지
무엇을 얻고자 애쓰며 살아왔는지
아무것도 남아있는 게 없다
나름대로 성실히 살았다고 자부했지만
지금의 나는 허수아비나 다름없다
움직일 수도 없고 말할 수 없고 들을 수 없는
그저 쓸모없는 몸뚱이뿐
지금까지 아무것도 해 준 게 없다는
말을 들었을 때의 허무함과 상실감이
자괴감마저 든다
무엇을 위해 살아왔는지
왜 살아야 했는지 모르겠다
나 자신을 위해 살아온 날 며칠이었던가
내 자식들을 위해 남들보다 나은
생활을 할 수 있게 하려고 애써 왔던 게
그들에겐 아무런 의미가 없단다
왜 그랬을까
왜 그렇게 아등바등 살았을까
이런 말을 듣고 싶어서였을까
아니다 나름 열심히 살아온 나의 삶을

그들이 알아주길 바랐기 때문이다
이제는 살아야 할 이유도 의미도 없어졌다
아무 생각이 나질 않는다
온통 머리가 하얗다
멍하게 비어 버렸다
어디서부터 잘 못 되었을까
내 인생은 실패했다
어떻게 사는 게 잘 사는 건지
지금까지 살아온 노력에 대해
아직도 모르겠다

미워요

내게 슬픔을 알게 해 준
그대가 미워요
내게 사랑의 의미를 가르쳐준
그대가 미워요
외로움과 그리움으로 몸부림친 시간
그대 미소 하나로 지워버릴 수 있는
행복을 준 그대가 미워요

내 곁을 떠나버린
그대 때문에 아프고 슬프지만
언제 끝이 날지 모르는
고통이 시작되어도
그대를 알아버린 그 순간만큼은
후회하지 않겠어요

삶의 의미와
모든 걸 긍정적으로
기억할 수 있게 해 준
그대가 정말 미워요

바램

지금까지 살아온 삶
순간을 영원처럼 사랑했듯이
마지막이 될 날들까지도
바람과 한 몸이 되고 싶었다

세상은 날마다 변해가도
지금의 모습 그대로
함께했던 마음을 가슴에 담고
부드럽고 포근함을 느끼고 싶다

마음속에 차곡차곡 쌓아온
삶의 기쁨을 지속적으로 나누고 은
밝고 환한 미소
그 모습 눈 속에 가득 채우며
마지막이 될 날까지 그렇게 살고 싶다

잔잔한 삶이 코끝을 간지럽히는
한가로움을 함께 하고 싶다

세월 가면

사랑 때문에
미움이 마음을 뒤덮어도
시간이 흘러가면 사라지겠지
지옥 속에 갇혀있던
삶에서도 벗어나겠지
슬픔으로 한없이 흐르던 눈물도
시간이 가면 서서히 마르겠지
그리움에 흔들리던 가슴도 평온해지겠지
세월에 기대어 살다 보면
기쁨의 웃음도 다시 찾아오겠지
이 모든 아픔과 고통 시간이 해결해 주겠지
바람처럼 스쳐 지나가겠지
그렇게 믿으며 살아가야겠지

무심

말이 없다고
무관심한 건 아니에요
표현 방법을 몰라 망설임이며
당신의 마을을 읽을 수 없어서
조심스러울 뿐이죠

늘 불안하고 초조하지만
기다림 외에는 할 수 있는 게 없더군요

한순간도 놓치고 싶지 않지만
무심한 척 주위를 맴돌 뿐
내겐 최선의 표현이에요

마음이 전해져 기대어 보면
조금이라도 위로가 되기도 하지요

가면 속의 삶

아무렇지 않다고 웃어 보이지만
당신의 미소 뒤에 두려움이 보이고
어둡게 내려앉은 가슴이 보입니다

뭉클해지는 마음 애써 감추며
환하게 웃어주지만
무너지고 있는 가슴 어쩌지 못합니다

두려워 떨고 있을 당신을
진정 위로할 수 없을 까요
나의 위로가 한 가닥의 희망일 진데
나 또한 놓아버릴까 봐 두렵습니다

지금까지 살아왔듯이
달라지는 건 없다고 생각하여
이제는 조용히 곁에서 지켜보는
일 외엔 아무것도 하지 않으렵니다

당신의 고통을 몰라서가 아니라
이 시간이 지나면
다시 평온해질 거라 믿습니다

그래야만 아무 일도
일어나지 않을 것 같아
초조하고 불안하지만
웃음으로 대신합니다

지금은 위기에 처했을 뿐이고
여기서 벗어날 수 있을 거라는
기대가 있으니까요

바보들의 행진

무덥던 더위가 한풀 꺾이고
제법 서늘한 바람이 분다
힘들고 지쳐도
시간은 무심하게 오고 가고

세월 속에 묻혀 한숨 쉬던
그때를 잊는 망각의 동물들
그렇게 잊어야만 살 수 있는
또 하나의 삶의 방법들을 찾는다

죽을 만큼 아프고
숨조차 쉬기 어려운 외로움
일상생활을 유지하려고 애쓰다 보면
좋은 날 오려니

아무렇지 않게 웃는 위선자들
무엇이 진실이고 허구인지조차
알려고 하지 않는 세상인심
무기력한 바보들의 행진 속에서
나는 나를 길들이려 한다

무지

당신은 누구십니까
당신에 대하여 아는 게 없네요
모든 걸 다 가졌다고 생각했는데
무엇을 가졌고 무엇을 잃고
무엇을 가졌는지 알 수가 없네요
묻어나는 향기와 느낌만으로
당신의 사람이 되어
숨을 쉬고 있는 나를 보면서
당신의 발걸음 뒤를 따라가는
나의 삶을 보았습니다
당신의 행복한 미소를 보면서
온 세상을 얻은 듯 즐거웠고
당신의 손길이 머물 때마다
설렘으로 밤을 지새웠습니다
그 많은 시간을 함께 슬퍼도 하고
때론 행복에 겨워 주체할 수 없는 행복으로
하루를 보낸 적도 많았지만
웃음 뒤에 숨은 한숨은
함께할 수 없었나 봐요
당신은 누구십니까
모든 걸 알면서도

알 수 없는 미묘한 감정은 무엇일까요
이런 나는 또 누구일까요

6
어떤 날의 외출

기다림

기다리는 일
어쩌면 그건 체념이기도 하지요
때로는 기다림이
더 행복했다고 여기기도 하지요
그대로 인해 흘린 눈물
마를 날 온다면 이대로 기다리려야죠
이 수고와 상처도 때가 되면
보상해 주려니 믿고 이해할래요
더 많은 날의 행복
내게 준다고 여길래요
다 잃어도 그대 하나만은
포기하지 않고 기다려 줄래요
내 곁으로 돌아오고 싶도록
그대도 날 포기하지 말아 주세요
마지막 안식처는 분명 나이니까

복수초

아무도 없는 이 길
그 무엇의 관심조차
갖기를 꺼려지는 삶
무심히 지나쳐 버리고
존재조차 알 수 없는
한낱 이름 없는 잡초로 피어나
얼어붙은 흙을 뚫고
얼굴 쏙 내민 복수초의 질긴 생명력
힘든 세상 버겁게 살아가는
우리네 삶이 그러하지 않은가
혼자만의 힘듦이 아님을 알기에
조금 더 힘을 내어 견디는 동안
봄날은 다시 찾아오고

나와 같은 너

난 너를 보면
나를 보는 거 같아서 아파
너를 위해 독한 소리도 하지만
너에겐 아픔이 된다는 것도 알아

네가 아파하는 걸 보는
나는 더 아파
아무렇지 않은 듯 얘기하지만

네 아픔 난 알아
그래도 어쩌겠니
이렇게라도 곁에 두고 살고 싶은 걸
네 마음이 내 마음이잖아
너무 속상해하지 마

시간이 지나면 별거 아니잖아
이렇게 아파하는 사랑
우리의 선택이잖아

어느 날의 아픔

당신은 내 삶의 전부였어
오로지 나만을 바라봤기에
내 가슴이 더 아팠어

당신이 세상 떠난 후
삶의 의욕을 다 잃어버린 나
당신은 나를 위해
모든 걸 다 주었던 사랑이었기에
나의 기쁨도 사라져 버렸어

당신 없는 세상은
하루를 살아도 미안함뿐이야
따뜻한 온기가 되었던
그대 없는 나의 세상은
어둠만 존재하는 곳으로 갇혀버렸어

당신의 뜻을 몰랐었고
알려고도 하지 않았던 지난날
나만을 생각했던 사랑에 대한 후회는
스스로의 삶을 포기해 버렸어

숨 쉬는 순간조차 죄스러움으로
내 삶을 어둠 속에 가둬버렸어

어둠의 시간 속에

한 줄기 빛을 따라
긴 터널을 겨우 벗어나
한숨을 크게 쉬어본다
침묵의 늪에서 한 걸음 내딛는 동안
오랜 시간이 걸렸지
너무도 막막했던 삶
가녀린 호흡으로 연명하면서
아주 낮은 소리도 낼 수 없었지
세상을 향해 허우적거리며
할 수 있는 것들을 모조리 해보지만
희망이 보이질 않았어
여기가 끝인가?
여기까지가 한계인가?
듣는 것조차 힘겨워
모든 걸 놓아버려야 할 때가 있었다
그리고 얼마 후 바로 여기였어
결국 여기까지 오기를 그리 힘들었던 거야
미련을 놓지 못하고 힘겹게 살아온 거야
무엇 때문에?
많은 욕망과 과한 욕심 때문인가
결국 이렇게 될 거면서
헛웃음 사이로 비집고 나오는

미련이 더 안타까웠다
잠시 평온함을 느끼며
바둥거리던 심장 소리도
조용히 숨을 죽이게 했다
얼마나 시간이 흘렀을까
침묵을 깨우는 소리
아득히 먼 곳에서 들려오는 소음
무심히 툭 건드리는 따스한 손길
이게 뭘까?
미동도 없이 한동안 기다려본다
조심조심 꿈틀거리는 나를 발견한다
아직 가야 할 길이 남았나 보다
질긴 인연들이 손을 내민다
조금만, 조금 더 힘내 보자고
힘겨운 걸음 같이 가보자고
미소를 띠며 손을 내민다
절망의 끝에서 다시 꿈틀거리는 희망이었다
어둡고 긴 터널의 끝에서
점점 사라지는 절망을 보았다
눈부신 햇살도 볼 수 있었고
시원한 바람이 귓불을 스치며 소곤거린다
이제 다시 시작하는 거야

어떤 날의 외출

바람이 솔솔 불어
당신의 가슴에도
풍선을 달아줬나요

순간의 희비가 엇갈리는
감정의 폭포에서
헤어나질 못 하나요

오늘 하루만이라도
함박웃음 지을 수 있는
여유를 가져 보세요

모든 걸 내려놓고
하늘을 향해
숨을 쉬어보세요

오늘 하루 어떠셨나요
미소로 잠들 수 있는
일상이었나요

사랑하는 사람아

사랑하는 사람아
내 모든 걸 다 주어도
아깝지 않을 내 사랑
찌푸린 날 밝음으로
바꿔줄 수 있는 사랑아
별이 총총 떠 있던 그 밤
내게로 다가와 살포시 안겨주던
둘도 없을 내 사랑아
바람으로 지켜주고 안개비로 감싸주던
어여쁜 사랑아
혼자가 아닌 둘이어서
늘 든든한 내 사랑아
함께하는 것만으로도
행복할 수 있는 사랑아
지친 어깨 토닥이던 사람아
무엇으로도 표현할 수 없는
내 사랑하는 사람아

너의 손

아무리 힘들어도
곁에서 버티고 지켜봐 주는
네가 있어 좋았어

내 마음 편해지자고
곁에 두는 게 불편했지만
어디까지나 사랑이었어

그러던 어느 날
처음으로 실망했을 때
인생이 끝난 줄 알았어

언제 터질지 모르는 폭탄처럼
풍선처럼 커져만 가는 의구심이
떨쳐 버릴 수 없는 아픔이었어

한꺼번에 밀려오는 두려움을
이겨 낼 의지가 없었던 나는
다만 내가 내민 손 잡아주기만 바랐어

그러나 그래도

나는 너를 사랑해
언제나 영원토록…

갈증과 갈망

빛이 되고 싶었다
언제 어디서나
빛을 발하는 존재가 되고 싶었다

누군가의 눈물이 되고
누군가의 발이 되고 싶었다

보고 싶은 것
가고 싶은 곳
눈물로 오염을 씻으며
영롱한 빛으로 살고 싶었다

세상의 노예가 되어
질질 끌려다니는
비참한 삶을 버리고 싶었다

갈망하는 자신을 향해
벗어날 수 있었던 늪
세상이 어지러워도 쓰러지지 않는다

외로운 그대

혼자 마음에 담고
외롭고 쓸쓸한 나머지
이별을 선택하셨는지

내겐 너무나 소중한 그대였는데
그 마음 몰라서
정말 미안하기만 하다

늘 말이 없고
그 마음 헤아리지 못했던
순간들을 어찌해야 하나

떠나는 그대의 마음이
얼마나 아프고 안타까웠을까
먼 곳에 가서도 행복하면 좋겠다

어릴 적 동심으로 돌아가
다시 만나고 싶은 사람
좋은 기억만 남기고 떠난 사람

방황의 끝

거침없이 다가오는 당신
뛰는 가슴 들킬까 봐
정신을 차릴 수 없어

눈치 보던 내 모습이
이성을 잃어버린
야생의 폭주마처럼 멈출 수가 없었어

폭주 기관차의 핸들을
당신이 잡은 거야
흔들리는 데로 이끌렸지

당신의 손짓 하나에
인생의 극과 극이 오락가락했었지

생각 없는 동물의 몸짓으로
종착역이 다가왔나 봐
서서히 지쳐가는 당신을
난 온몸으로 느꼈어

흔들리는 눈빛을

들키지 않으려 애쓰는 모습
외면하면서 스치는 바람처럼
그렇게 지나갈 줄 알았지

지옥으로 빠지는 걸 알면서도
아무렇지 않게
아무 일 없듯이
당신은 지나가 버렸어

여운

짧은 만남 여운이 아쉽다
그저 바라만 볼 수 있는 공간이
뚝 끊어져 버렸지만
인연의 끈 놓지 못해 아쉽다

계절은 기다리지 않아도
다시 돌아오지만
돌아오는 길을 잃어버린
그 인연은 어디쯤에서 헤매며 지낼까

떠나는 마음과
바라보는 마음이 같은 아픔일진대
저녁 해를 삼킨 어둠이
쉬이 찾아드는 깊은 가을밤

순결

넓은 들판마다
하얀 눈송이 뿌려놓은 듯
따스한 햇살 아래 흔들리는
순백의 꽃이 되고 싶다
살랑이며 귓불 간질이는
꽃 무덤 속으로 빠져들고 싶다

그대 심장 소리 들으며
오염된 세상에서도 청순할 수 있는
하얀 들국화가 되고 싶다
무심한 강물 위에 쪽배 띄워
임 계신 그곳에 들꽃 한 아름 보내고 싶다

청아한 모습으로
산골 소녀의 소박함을 닮은
하얀 들국화로 꽃 무덤 만들어
그대 곁에 머물고 싶다
순백의 꽃이 되고 싶다

그대의 향기

새벽안개 사이로
그대 이름을 부른다

심장의 떨림과
설렘의 공간에서
그리운 그대를 그려본다

사랑스러운 모습이
커피 향을 뿜으며
가을의 여운을 남기고

붉게 물든 나뭇잎 사이로
스치는 얼굴, 꿈같던 사랑도
다가오는 겨울을 비껴가기 위해
붉은 얼굴 내비치며 마중한다

그대의 향기에 취해
낙엽 태우는 연기 속으로
스며드는 시간
잊고 싶지 않은
우리 사랑했던 시간

동그라미 그리며

시간의 굴레에서
벗어나는 것은 큰 행운이다
뒤엉켜 풀 수 없는 것에서
아직도 남아있는
다른 한발이 언제쯤이면 편해질까

마음속 지옥을 벗어나려 애썼던 시간
가슴 아픔이 일상이 되어
힘들었던 그 순간들은
악몽을 꾸었던 게 아닌가
벗어나려 하면 할수록
더욱 다급하게 조여 오는
쇠사슬 같은 늪 속에 빠져
세월에 순응하기 위해
마음을 내려놓으려 해도 잘 되진 않았다

아프면 아픈 대로 순응하면서
힘들면 힘든 대로
울고 싶을 때 울며
작은 가슴 위로해 주는 일인 거야

윤혜정 제7시집
시간의 모습

초 판 발 행   2024년 9월 12일
지 은 이   윤혜정
펴 낸 곳   시지시

등   록   제2002-8호(2002.2.22)
주   소   ㉾10364
          고양시 일산동구 호수로 688. A동 419호
전   화   050-5552-2222
팩   스   (031)812-5121
이 메 일   sijis@naver.com

값 15,000원

© 윤혜정, 2024

ISBN 978-89-91029-80-4 03810